たいせつなあなたへ

✳ ☆ ✳

miki

みらい

はじめに

わたしは ときどきこころに 話しかけています。
どんなじぶんでも
すなおにこころと向き合えたとき
はなまるをもらえたように
みたされたきもちになります。
だから じぶんのこころには
いつも正直でいたいと思っています。
この本は こころをはなまるにしてくれる
ぬくもりいっぱいの本です。
あなたのこころに寄りそう おまもりのような
あったかい一冊になれたら うれしいです。

miki

キラキラ かがやく 夜空のほしに

しあわせの おまじない かけてみる。

やさしく ひかる ほしたちが

わたしの こころを みたしてくれる。

こころのなかを のぞいたら

すなおな きもちが みえてきた。

もっと 自由に……

もっと すなおに……

わたしは わたしのまんまで

生きていきたいなぁ。

もくじ

はじめに …… 2

きょうもはなまる …… 9

こころのおまもり …… 17

だいじょうぶ・あせらない あきらめない …… 18
おいしくごはんをいただきます …… 19
幸せはこころで感じるもの …… 20
目の前のことにこころをこめる …… 21
今をせいいっぱい生きよう …… 22
すべてのことは常ならず …… 23
すきなことは自信となりちからになる …… 24
だれよりも自分がすき …… 25
幸せのかたちは十人十色 みんなちがってみんないい …… 26
こたえはいつもこころのなかにある …… 27
石の上にも3年…。いや3か月…うーん3日…。
サービス サービス …… 28

かくごをきめること 29

夢をもって生きよう 30

いちに すいみん にいに すいみん
さんしも すいみん ごにも すいみん 31

どんなに はなれていても こころは つながっている 32

失敗は成功につながっている 33

いたいのいたいのとんでいけー！ 34

生きていればなんとかなる 35

こんなときどうする？ 37

じぶんのきもちがみえなくなってしまったら…。 38

どうしたらいいか こたえにまよって しまったら……。 40

イライラして やさしいきもちがみえなくなってしまったら……。 42

だれかとくらべているじぶんにきづいてしまったら……。 44

ほしいものがいっぱいになってしまったら……。 46

にげたくなってしまったら……。 48

ごめんなさいってすなおになれないとき…。 50

こころがしょんぼり おちこんでしまったら…。 52

さみしくなったら…。 54

はなまる CAFÉ menu 57

わたしのゆめ 58
ホットミルクで ほっ 59
からだよろこぶスムージー 60
お野菜たっぷり ぽかぽかスープ 61
いろいろ野菜の ほっこりポタージュ 62
まいにちたべたい 米粉の蒸しぱん 63
とろけるおいしさ くりーむぱん 64
まんまるかわいい 米粉のまるぱん 65
くるくる シナモンロール 66
まいにち げんき 手づくりのヨーグルト 67
からだ想いの 手づくりアイス 68
しあわせの ミルクプリン 69
たべることはいきること 70

ぼくはぺいちゃん 71

しゃぼん玉 72
おはなしのまえに 74
とうじょうじんぶつ 75
おはなしのあとに 91

おわりに 92
ありがとうのきもち 94

「きょうもはなまる」

いつも　えがおの　にこにこ　にこちゃん。
おうちに　かえると　しょんぼり　おかお。

ほんとはね……。
とっても　さみしいの
だから　いつも　ないてるの。

ほんとのきもち　はなしたい……。

にこちゃん ぼくと おともだちになろう。
こころのともだち。

あなたはだぁれ？

ぼくは まるちゃん。
いつも にこちゃんの こころのなかに
いるんだよ。
ぼくは いつだって にこちゃんのこころを
はなまるに できるんだ。

ぼくはね。
にこちゃんが わらうと とっても
うれしいんだ。
にこちゃんが ないてると とっても
とっても かなしいんだ。
にこちゃんが おこると ぼくも
ぷんぷん おこるんだ。

ぼくは どんな にこちゃんも だいすきなんだ。

にこちゃんは ひとりじゃないよ。

いつもぼくが そばにいる。

もし さみしくなったら ぼくをよんでごらん。

にこちゃんの ほんとのきもち ぼくに きかせて。

ぼくが にこちゃんのこころを

ぜーんぶ はなまるにしてあげる。

だから にこちゃんは

にこちゃんのままで いいんだよ。

うん。もう だいじょうぶ。
わたしの こころには いつも まるちゃんがいる。

わたしはひとりぼっちじゃない。

あれ。わたし……わらってる。
こころもぽかぽかあったかい。

わたしのこころ みーんな はなまる。
はなまるだぁ――。

わたしは、人と話すことが
あまり得意ではありません。
こころのなかでは なかよくしたいと思っていても
むずかしく考えてしまいます。
そんな自分と向きあうたびに 落ち込んだり
悩んだり 自分を責めたりして
自分からにげだしたくなります。
だから、いつも おまもりのことばに
たすけてもらいます。

わたしは今、たくさんの人たちの支えのなかで
生きています。
わたしはその人たちに
どれだけこたえることができるだろうと
こころのなかで 考えます。

わたしが今、できることは
感謝のきもちを忘れずに
げんきにすごすことだと思っています。

まいにち　なやみはつきなくて
たいへんなこともあるけれど
日々のちいさなたのしみを
ちょっとずつかんじながら
今日もすこやかにすごしていきたいです。

こころのおまもり

だいじょうぶ

どんなに つらくても
どんなに かなしくても
「だいじょうぶ」っていってもらえると
だいじょうぶっておもいます。
"魔法のことば" みたいです。

あせらない あきらめない

わたしは このことばに
たくさん たすけてもらいました。
不安になると あせったり あきらめそうに
なるからです。
だから このことばを 思いだして
こころのなかで しずかに つぶやきます。
すこし ゆうきがでてきて
まえに すすめそうな気がします。

おいしく ごはんを いただきます

わたしの いちばんの ごちそうは
こころの こもった ごはんです。
つかれてるとき わたしは おむすびが
食べたくなります。
手づくりの おむすびは
具がなくても さいこうの ごちそうです。
からだが よろこぶ ごはんは
きっと こころが おしえてくれます。
おいしくごはんが たべられるわたしは
幸せものです。

幸せは こころで感じるもの

すっきりとした青空をみると こころも
晴れたきぶんになって 幸せだなあって感じます。
おてんとさんが「今日もがんばろうね」って
はげましてくれてるみたいに
わたしのこころも てらしてくれます。
こころが ぽかぽかになると
自然とやさしいきもちが みえてきます。
どんなに ちいさなことでも こころがみたされると
幸せって感じるんですね。
幸せっていつもこころのなかにあるんですね。

目の前のことに こころをこめる

わたしは こころが きゅうくつになったとき
こころをこめて 深呼吸するようにしています。
いま 目のまえにあることに こころをこめる。
いま やるべきことを 丁寧におこなう。
いま 自分なりに せいいっぱいやってみる。
たとえ だれもみていなくても
だれからも みとめてもらえなくても。
たいせつなことは いつでも
"こころを こめる" です。

今を　せいいっぱい生きよう

過去はもうおわったこと。
もどらないことや　すぎたことに
くよくよなやんでもしょうがないよね。
だから　いやな過去はわすれて
いいことだけを　たいせつにしよう。
未来は　だれにもわからない。
まだおきてないことに　不安になっても
しょうがないよね。
だから　わくわくしながら　まいにちを　すごしていこう。
大事なことは　"おわった過去にとらわれず
「いま」というこの瞬間を
せいいっぱい生きること"です。

すべてのことは常ならず

仏教の教えに "世は無常なり"
ということばがあります。
世のなか　すべてのことは
常に変化している　という意味です。
いいこともわるいことも　ずっとはつづかない。
だから　つらいときは　よくなることを　信じてすごす。
いいときは　感謝のきもちを　たいせつにすごす。
まいにちのあたりまえは
いつも "常ならず" なのです。
だからこそ　一日一日を
たいせつに　すごしていきたいと思います。

すきなことは 自信となり ちからになる

たとえば だいすきな蒸しぱんを
つくっているときのわたしは
うれしくて たのしくて わくわくしています。
すきなことをしているときの わたしは
たべることも ねることもわすれるくらい
夢中になります。
わたしのすきなことで だれかがよろこんでくれたら
わたしは もっともっと うれしくなります。
これからも すき をたいせつに していきたいです。

だれよりも 自分がすき

自分のきもちを いちばんわかって あげられるのは
やっぱり自分自身。
どんなきもちも たいせつなきもち。
だいじなことは ありのままの すなおなきもちを
感じること。
そして 自分自身を みとめてあげること。
幸せに生きていくために まず
自分をすきになることから はじめたいと 思います。

幸せのかたちは十人十色
みんなちがって みんないい

わたしは ときどき つい だれかとくらべて
自分を見失いそうに なります。
そんなとき こころのなかで
自分の幸せの ものさしを さがします。
そして だれかの ものさしに あわせている
自分に気づきます。
どんなにくらべても 自分の幸せは
自分にしか はかれません。

こたえはいつも こころのなかにある

からだがつかれてると　こころも弱くなって
かんたんなことでも　決められないこと
ありませんか？
わたしは　しょっちゅうです。
そんなとき　わたしは　こころの声を
きくようにしています。
こころは　ちゃんと　こたえてくれます。
こころとからだは　つながっているんですね。

石の上にも3年…。いや3か月…
うーん3日…。サービス サービス

よく"石のうえにも3年"と耳にします。
つめたい 石のうえに すわりつづけていれば
そのうち おしりはあったまってくる。どんなにつらくても
必ず むくわれる日がくる という意味です。
弱気な わたしにとって
3年は おおきな おおきな目標です。
やさしく こころを あたためながら
まずは 3日から はじめたいと思います。

かくごを きめること

もしなにかを 本気でねがうなら
かくごを きめることです。
"かくごをきめる" とは
自分のこころとの やくそくです。
スタートラインは 自分を しんじることです。
ゴールしたときの 自分を思いうかべて
おもいきって はじめの一歩を ふみだしてみる。
まよったり 悩んだり おちこんだり
するかもしれないけれど……。
そこにはきっと 自分にしか見えない景色や
感動のゴールが まっているはずです。

夢をもって　生きよう

わたしには　夢があります。
夢をみつめているときのわたしは
こころが　わくわくしています。
夢は　こころを　前向きにします。
夢は　あきらめないかぎり　ずっとつづきます。
たとえ　おばあちゃんになっても
わたしは　夢をたいせつにして　生きたいです。

いちに　すいみん
にに　すいみん
さんしも　すいみん
ごに　すいみん

わたしにとって　ねることは
とても大切な　しごとです。
ぐっすりねむった日の朝は
幸せなきもちで　めざめます。
いつもとちがうと　感じたら……
ゆっくり休んで
こころと　からだを　まもりましょう。

どんなに はなれていても こころは つながっている

たいせつな人が 遠くにいくことは
とても さみしいことです。
でも その人がえらんだ 幸せの選択なら
温かくおうえんできる ひとりでいたいとおもいます。
だいじょうぶ……。
はなれていても こころは つながってる。
さみしさをのりこえたぶん 会えたときのよろこびは
きっと おおきいんだろうなぁ。

失敗は 成功に つながっている

他人からみたら わたしの人生は
失敗だらけかもしれません。
でも わたしは 失敗してよかったと思っています。
失敗の先に 失敗しなければ
経験できなかったことや 出会いが
たくさんあったからです。
失敗によって わたしにも
生きるちからがあることを知りました。

いたいの いたいの とんでいけー！

ことばには ことだまといって
おおきな ちからがあります。
いいことばにも わるいことばにもです。
ほんとの想いは ちゃんとつたわります。
でも こころない想いや ことばは
いつか自分にも かえってくるような 気がします。
たったひとことのことばが だれかの
生きるちからになります。
ことばのちからって すごいです。

生きていれば
なんとかなる

大人になって わたしも ようやく
わかったことが あります。
"生きることの たいせつさ" です。
あたりまえのように 生きているまいにちだけど
生きていることこそが 奇跡のように思います。
その人が その人らしく 生きているだけで
すばらしく 尊いことだと思います。

こんなとき…どうする？

じぶんのきもちが
みえなくなってしまったら…。

わたしは　いろんなことがたくさんあると
あたまのなかが　いっぱいになって
じぶんのほんとのきもちが　みえなくなってしまいます。
そんなときわたしは　目をとじて…
おまじないのことばを　くりかえします。

もし　あなたのこころも　きもちがみえなくなるくらい
つかれてしまったら
わたしはあなたに　こう伝えるとおもいます。

いまあなたが いちばん大切に
しなくちゃいけないのは あなた自身です。
じぶんの こころとからだを まもることです。
がんばっている勇気を おもいきって
やすむ勇気に かえてみませんか？

| おまじない♡のことば | あわてない あわてない
ひとやすみ ひとやすみ zzz… |

どうしたらいいか　こたえにまよってしまったら……。

わたしのしゅみは　まようことです。
といえるくらい　わたしはしょっちゅう　まよっています。
まよって　まよって　まよいつづけて
もうヘトヘトになります。
それでもわたしは　なっとくするまで
まよいつづけます。
そんなじぶんに　うんざりすることも　ありますが
なやみぬきたい　とおもいます。
これが　わたしなんです。
だからこそ　いわせてください。

こたえは　じぶんのこころのなかに　あります。
じぶんのこころに　正直なこたえが　正解だと
わたしは思います。
まよいがあっても　たちどまっても…
だれかにはんたいされても　まちがっていたとしても…
たいせつなことは　じぶんがどうしたいか。
ほんとうは　もうこたえ　みえてたりして…。

　じぶんの感じたことを　信じよう。

イライラして やさしいきもちが みえなくなってしまったら……。

もしかして… 更年期のはじまり?
ちがいます。
このイライラには ちゃんと理由があるんです。
わたしのイライラは よく
こどもたちの ちょっとしたけんかから はじまります。
そして きがつくと わたしのあたまには
おおきな おおきな つのが はえてぇいます。
このつのが はえてしまったとき わたしはもう
パニックになっています。
これが わたしの SOS のサインです。

わたしのこころは　たすけてーってさけんでます。

ほんとは　ちょっとくらいイライラしても
こどものまえでは　やさしいママでいたい。
げんじつのわたしは　こどもよりもっとこどもで
いつもとまどっています。
そんなわたしを　こどもたちはどう思っているんだろう…。
すくなくともわたしは　けろりとわらって
あそんでいるこどもたちを　なんでも
わらいにかえる天才だと　思っています。
こどもたちからまなぶことのほうが　はるかにおおきい。

おまじない♡のことば	イライラはSOSのサイン！「たすけてー」って　さけんでみよう。

だれかと くらべているじぶんに きづいてしまったら……。

わたしは がんばっているひとをみると
もっとがんばろうと 思います。
だけど そのひとのようにがんばれなかったとき
わたしはいつのまにか そのひととくらべて
そんなじぶんを だめだと 思ってしまいます。
けっきょく じぶんを だめにんげんにしているのは
人ではなく いつもわたし自身…
そうきづいたとき もうだれかとくらべておちこむのは
やめようとおもいました。
どんなにくらべても じぶんのしあわせはみえてこない。
なら じぶんのもっているものを ぴかぴかにしてみよう。

「となりの芝生は　あおくみえる」
という　ことわざがあります。
他人のものはよくみえる　という意味です。
わたしは　だれかとくらべてしまいそうになったときに
よく　このことばをおもいだします。
人の芝生をみておちこむよりも
じぶんの庭にしあわせのたねをまいて
わたしだけのとくべつな花をさかせてみたい。
じぶんにとっての　いごこちのいい庭をつくれるのは
わたしだけだから…。

 ひとはひと。じぶんはじぶん。

ほしいものが いっぱいに なってしまったら……。

あれもほしい これもほしい もっとほしい…。
ほしいがいっぱいのとき
どんなにたくさんのもので満たしても
こころが満たされないかぎり
もっともっとはつづいていく。
ほしいものがきめられない
たべたいものが わからない。
こんなときのわたしは 要注意。
こころがとっても つかれています。

あーわたし いまこころが満たされてないんだなーって
おもうようにしています。

ほんとにほしいものを手にいれたとき
こころはよろこびます。
こころをげんきにしていたら じぶんにとって
たいせつなものがみえてきます。
たべるもの 身につけるもの ほしいもの どんなものでも
じぶんがすきっておもえるきもちを だいじにしたい。
わたしがほしかったものは"たくさんのもの"じゃなくて
こころとからだが げんきになってよろこぶもの
だったんだぁー！

| おまじない♡のことば | ほんとうにほしいものは
キラキラかがやいてみえます。 |

にげたくなってしまったら……。

がんばっても　がんばっても　うまくいかなくて
がんばるちからも　なくなって
もう　がんばれないって　おもったとき
きゅうに　不安になって　どこかにこげてしまいたいと
おもうときがあります。
そんなとき　わたしは　にげようとしているわたしに
こうたずねます。
そのせんたくに　さいごまで
せきにんをとるかくごは
できていますか？

わたしは　にげる勇気にこそ
生きるちからをかんじています。
"かくごはできています"

ひとには　ひとの道がある。
生きぐるしいと　かんじる道なら
にげみちでもいいから　じぶんの道をつくって
いきいきとした　人生をおくりたい。
わたしは　いま必死に　人生のにげ道をさがしています。
にげてるわたしは　まけですか？

| おまじないのことば | にげる勇気にも　価値はある。 |

ごめんなさいって
すなおになれないとき…。

"ごめんなさい" のひとことには
いろんなおもいがこめられています。
このひとことが いえないときのわたしは
まだ じぶんのこころと
ちゃんとむきあえていないしるし。
だからわたしは すなおにごめんなさい
がいえる わたしになるまで
しっかり むきあいたいとおもいます。

すなおになれないのはなぜ？と自問自答している
わたしに こう こたえたいとおもいます。

あたまとこころが　なかよくなるために
なっとくできるまで　むきあうじかんが
ひつようなんです。すなおな　あなただからこそ
すなおになりたい　とおもっているんです。
だいじょうぶ。
"ごめんなさい"がいえるまで
とことん　つきあいます！！

おまじない♡のことば　"ごめんなさい"はこころとちゃんと
むきあえたときに　いえることば。

こころがしょんぼり
おちこんでしまったら…。

わたしは ついじぶんで しんぱいのたねをまいて
おちこんでしまうことが よくあります。
しんぱいのたねを まいてしまうと
たべられない ねむれない ちからがでない
…がはじまります。
そして ふあんでいっぱいの芽がでて
しょんぼりした花が さきはじめます。
その花は いつも下をむいていて
どんなに光をあびても 水をあげても
げんきにはなりません。
いまにもかれてしまいそうな わたしのこころにさいた
花にひとこと。

わくわくしたきもちで まいにちをすごそう。

ひともおなじ。
すきなことや わくわくしたきもちを だいじにして
すごしていたら いやなこと ふあんなきもちが
すこしずつなくなって
きっとこころは げんきになっていく。
同じまいにちをすごすなら たのしみをみつけて
わくわくしながら すごしたほうが ずっといい。

おまじない♡のことば　わくわくするきもちが
こころをげんきにしてくれる。

さみしくなったら…。

さみしくなるときって どんなときですか？
わたしは ひとりぼっちと かんじたときです。
ひとりじゃないのに ひとりになったような
こどくで さみしいきもち。
ひととのかかわりが とくいではないわたしでも
こんなときは だれかに よりそいたくなります。
そんなときわたしは いつのまにか
だいすきなひとを おもいだしています。

だいすきなひとをおもいだして　げんきになろう。

だいすきなひとを　おもうと
こころは　幸せなきもちで　満たされます。
"だいじょうぶ"っていってもらえたような
あったかいきもちになって
しぜんとこころは　げんきいっぱいになります。
そんなひとと　出会えたわたしは　幸せものです。

　だいすきなひとを　おもいだそう。

はなまる CAFÉ

menu

ドリンク／　ミルク　スムージー
スープ／　お野菜スープ　ほっこりポタージュ
ぱん／　米粉の蒸しぱん　くりーむぱん　米粉のまるぱん　シナモンロール
おやつ／　ヨーグルト　アイス　ミルクプリン

わたしのゆめ

わたしのこころのなかには
あったかいゆめが あります。
こどもといっしょに ちいさな CAFE をするゆめです。
そのゆめを かなえるために
まいにちちょっとづつ がんばっています。
みんなが はなまるなきもちになりますようにと
願いをこめて…。
いつか ゆめがかなう日がくることを楽しみに…。
わくわくしながら
きょうもこころをこめて つくります。

ホットミルクで ほっ

ねむれないよるは ホットミルクで ひと息しましょ。

ちいさめのカップに あたためたミルクを
ゆっくりとそそぎます。
あったかいミルクは ほっとして
こころが 落ちつきます。
ときどき ココアやきなこをいれると…
えいようもとれて おいしいです。

♥ まいにちのあたりまえに 感謝です。

からだよろこぶスムージー

フルーツいっぱい ビタミンたっぷり
つかれたからだも リフレッシュ。

りんご みかん パイナップル バナナ
いちご ブルーベリー。
好きなフルーツをいっぱいいれて
ヨーグルトといっしょにミキサーにかけたら
あっというまにスムージー。
わたしはよく フルーツを凍らせて
シャーベットにしていただきます。
あつい日には ひんやりして とってもおいしいです。

❤ じぶんのこころに 正直に生きたいです。

お野菜たっぷり ぽかぽかスープ

コロコロやさいが たっぷりはいった
みた目もかわいいお野菜スープ
こころも からだも ぽっかぽか。

ちいさくカットしたお野菜を じっくりいためて
コトコト にこみます。
栄養たっぷりで おなかもいっぱいに
満たしてくれるから 朝ごはんにぴったりです。

♥ どんな1日も かけがえのない
　 たいせつな1日です。

いろいろ野菜の ほっこりポタージュ

かぼちゃのやさしい甘さが身にしみます。
たっぷり栄養 ほっこりしあわせ…いただきます。

かぼちゃ にんじん たまねぎ じゃがいも
いろいろ野菜がたっぷりはいった
やさしいポタージュスープ。
たまには ほっこり のんびり すごしましょう。

♥ しあわせは いつも こころのなかで
　やさしく よりそってくれます。

まいにちたべたい 米粉の蒸しぱん

おなかがすいて げんきがでない…。
そんなときは 蒸しぱんたべて げんき100倍。

米粉と豆乳 からだにやさしいおさとうと
ベーキングパウダーをすこしくわえて
おいしくなあれと まほうをかけます。
ほかほかの湯気のあがったせいろで蒸したら
ふっくら蒸しぱんのできあがり。
わたしのおすすめは チョコチョコ蒸しぱん。
チョコたっぷりで こどもたちにも大人気です。

❤ 好きなことにこだわりたいです。

とろけるおいしさ くりーむぱん

ひとくちたべたら やみつきに。
しあわせ～しあわせ～。

やさしぃあまさのくりーむが
とってもおいしぃ くりーむぱん。
ぺろりとたべちゃうくらいの おいしさです。
カスタードとチョコのくりーむぱん。
W（ダブル）のしあわせ みつけました。

● まもられて生きるのもいいけど…
　ゆめにむかってがんばることに
　わたしはチャレンジしたいです。

まんまるかわいい 米粉のまるぱん

まぁるいかたちの ふわふわまるぱん。
みているだけでいやされます。

米粉 豆乳 きびとうとすこしのしおと
イーストをくわえて 生地をつくります。
こねて のばして たたいて さいごはやさしく
まるめます。
米粉のもちもちと ほんのりあまい
シンプルなまるぱんがすき。
ジャムをつけたり そのまんまでも
とってもおいしいです。

♥ まるぱんみたいな かわいい
 おばあちゃんになりたいなぁ。

くるくる シナモンロール

やきたては 至福のひとときです。

ぱん生地に たっぷりのシナモンパウダーをかけて
くるくると うずまき状に 巻いていきます。
はっしょうの地は
えいが『かもめ食堂』でも有名になった
北欧の国 スウェーデンといわれています。
本場の味をそうぞうしながら 焼きたてをまんきつするのも
すてきですね。

❤ やるかやらないか 決めるのは
　いつもじぶんの こころ次第です。

まいにち げんき 手づくりのヨーグルト

いつもげんきでいたいから まいにちいっぱい
たべています。

すきなヨーグルトをたねにして
牛乳といっしょにまぜたら
ヨーグルトメーカーにセットします。
手づくりのヨーグルトは
なめらかでとってもおいしいです。
メープルシロップをかけたり
ジャムやフルーツをトッピングして
楽しみながら いただきます。

❤ なりたいじぶんになるために
　つづけることが大切です。

からだ想いの 手づくりアイス

おいしくて とってもヘルシー。
まいにち食べたくなっちゃいます。

アイスクリームは わたしもこどもたちも だーいすき。
まいにちたべても OK！
おいしくて からだにやさしいアイスクリームが
たべたくて 豆乳 とうふなど
からだにいい素材をまぜるだけ。
やさしいあまさが くちいっぱいにひろがります。

♥ 努力したことは 決してむだには なりません。

しあわせの ミルクプリン

ミルクのあまさに ちょっぴりしあわせ かんじます。

小なべに 牛乳とおさとうをいれて あたためます。
ゼラチンをくわえてゆっくりとまぜたら
カップにそそいで 冷まします。
冷蔵庫で冷やし固めたら プルンとおいしい
ミルクプリンのできあがり。
ちいさくカットしたフルーツをのせるとパフェみたいで
かわいいです。

❤ 人にやさしく。じぶんにもやさしく。

たべることはいきること

たべることは 生きることです。
ひとは生きるために ごはんをたべます。
いっぱいたべて げんきになります。
おいしくごはんが たべられるしあわせは
こころとからだが げんきなしるし。
"おいしくなあれ" のまほうのことばは
だれかをたいせつに想うきもちで
ごはんをもっと おいしくしてくれます。
そんなごはんを おなかいっぱいたべられたら…
たくさんの温もりで きっと満たされるでしょう。

「ぼくは ぺいちゃん」

✴ ✧ ✴

こころって　しゃぼん玉みたい。
そのときのきもちで　いろんないろや
かたちに　かわっていく。
ぱっときえたり…でてきたり…
おおきくなったり…ちいさくなったり…
そしていつのまにか　どこか遠くへ
とんでいく。
こころも　おなじ。
しゃぼん玉みたいに
きもちもかわっていくのかな。

おはなしのまえに

このおはなしは たのしいことがだいすきな自閉っ子
ぺぃちゃんとすごす わたしたち親子の日常を
ちょっぴり リアルに描いた
こころあたたまる物語です。
純粋で感受性ゆたかな こころやさしい ぺぃちゃん。
ほんとは ぺぃちゃんのきもちを ぜんぶうけとめて
たっぷりの愛情で ぎゅっとだきしめてあげたいのに
どうしてできないんだろう…。
こころに目をむけて ふれあうことの たいせつさに
気づいたとき みえたのは
とってもふわふわした あたたかいきもちでした。

とうじょうじんぶつ

ぺぃちゃん：えがおがすてきな げんきいっぱいの
男の子。たのしいことと たべることが
とってもだいすき。すきなたべものは
しおむすび。

ねぇねぇ：ぺぃちゃんのおねぇちゃん。
しっかりもので 本をよむことがだいすき。
すきなたべものは ふっくらした たまごやき。

まま：ぺぃちゃんのまま。
こだわりがつよいところが
ぺぃちゃんにそっくり。
蒸しぱんづくりが だいすき。
すきなたべものは もちろん蒸しぱん。

ぼくはぺいちゃん。
ぼくのこと ちょっとだけおしえてあげる。
ぼくはね うまれてくるとき
とっても がんばったんだって。
ままはね ぼくを いのちをかけて
うんでくれたんだ。

だから ぼくは
いきてることが とってもうれしいんだ。
たのしいことが だいすきなんだ。
ぼくはね みんなと
いっぱい いっぱい あそびたいんだ。
でもね… ぼくはときどき
みんなを こまらせてしまうんだ。
ほんとは…もっとなかよくしたいのに……。

いつもげんきな にこにこぺぃちゃん。
きょうは なにしてあそぶ？

きょうもね
ままとねぇねぇと あそぶよ♪
ぼくはね ままとねぇねぇのことが
だいすきなんだ。
いっしょにいると たのしくて
ぼくはとっても しあわせにおもうんだ。

でもぼくは いつも いたずらして
ままとねぇねぇを すぐに おこらせてしまうんだ。
だいすきだから もっとあそびたくて
もっといたずら してしまうんだ。
ぼくは…とまらなくなっちゃうんだ……。

そんなぼくだから
ままは いつも しょんぼりおかおで
げんきが なくなって……。
ねぇねぇは おこりんぼ になって
ぼくと ちっとも あそんでくれないんだ。

（まま）
いやなことしないで！
うるさい
もうつかれた
しずかにして。こまらせないでー
もうちょっとまって…
やめなさい
けいさつのひと　よぶよ！！！
あっちにいってー

（ねぇねぇ）
キライ！！
もう　あそびたくない！！
いっしょにいたくない！！
ままーっ　またいじわるしてくるー
だれかたすけて！！！

ぼくのこと　きらい？

ぼくはいつか ままと ねぇねぇが
ぼくのこと ほんとうに
きらいになっちゃうんじゃないかって
いつもふあんで さみしくて。
ぼくのこころは びくびく おびえているんだ。

でもぼくは がんばって たのしいぼくに なるんだ。
ままとねぇねぇに きらわれないように
ぼくは がんばるんだ。
でも…
ほんとのぼくは いつも ないてるんだ。

ぼくはね　じぶんのきもちを
ことばにだすのが　むずかしくて……
どうしたらいいか　わからなくなるんだ。
ほんとはね
みんなと　なかよく　あそびたい。
みんなに　やさしくしたい。

ほんとのきもち　はなしたい…。

ままに いっぱい あまえたい。
だいすきって いってもらいたい。
だきしめて もらいたい。
ねぇねぇと いっぱい あそびたい。
もっともっと みんなの
わらってる おかおが みたい。

まま ぼくのこと
きらいに ならないで…
ねぇねぇ
また いっしょに あそぼ…
ぼくを ひとりに しないで。

ぺぃちゃん。
ぺぃちゃんの　ほんとのきもち　きかせてくれて
ありがとう。
ぺぃちゃんの　あたたかいきもち
ちゃんと　つたわったよ。

ままもねぇねぇも　ぺいちゃんのことが
とってもだいすき。
だいすきだから　いっしょうけんめいになって
ぺいちゃんのきもちが　みえなくなって…。
ままも　ぺいちゃんとおなじで
どうしたらいいか　わからなくなっちゃうの…。
かぞくなのに　ひとりぼっちにして　ごめんね。
とっても　さみしかったね。

ままはだれよりも
ぺいちゃんが やさしいこころを
もっていることを しってるよ。
ままは ぺいちゃんの キラキラした
えがおが とってもだいすき。
ままは ぺいちゃんが げんきにいることが
とってもしあわせ。
これからも なかよく すごしていこうね。

ぼくは　ぺいちゃん。
ぼくはね　ままとねぇねぇが
だいすき　なんだ。
どんなときも
ずっとずっと　だーいすき。

おはなしのあとに

このおはなしは、ぺぃちゃんとすごすなにげない
日常のひとときのなかで ぺぃちゃんを理解して
きもちをつたえあうことの よろこびや
あたたかいこころで ふれあうことのたいせつさを
やさしく語りかけています。
このおはなしをとおして あなたにとっての
たいせつなものを こころのなかで感じとって
もらえたなら うれしいです。

おわりに

こころもからだも正直です。
からだがごはんをほしがるように
こころにもごはんが必要です。
それは ほんとのきもちです。
こころはみえないけれど ちゃんとあなたをみています。
いつもあなたの声をまっています。

ちょっぴり不安になっているとき…
あと すこしの勇気がほしいとき…
はじめの一歩をふみだしたいとき…
この本のどこかに あなたのこころをげんきにしてくれる
ことばがみつかるかもしれません。

もし みつからなかったら…
わたしが あなたのこころにさけびます。
『だいじょうぶ。あなたはひとりじゃない』

あなたのこころが たくさんのやさしさで
まもられますように。
そしてなによりも じぶんのこころが
いちばんでありますように。

ありがとうのきもち

この本は、わたしがたいせつにしている
5冊の作品の総集編として
ぎゅっとひとつにまとめた とくべつな本です。
だれかのこころに ぬくもりを届けたい…
まいにちを支えてくれている
たくさんの方にありがとうのきもちをつたえたい
という想いが わたしのいちばんの原動力でした。
だけど コミュニケーションが得意ではないわたしにとって
出版という道のりは 簡単なことではありませんでした。

不安になって あきらめそうになりました。

わたしと何度も何度も向き合い
きもちに寄り添っていただいた出版社のみなさんの優しさに
わたしはたくさん励まされ この本をつくることができました。
こころから感謝のきもちで いっぱいです。
ほんとうに ありがとうございました。

そして最後に 読者の皆様へ。
この度は、わたしの本を読んでくださり ありがとうございます。
ほんのひとときでも ほっと しあわせな時間となれたのなら
うれしいです。
この本が あなたのこころのおまもりとして ちからになりますように。
こころから ねがいをこめて。

miki

miki

女の子と男の子のママ。3人家族。
著書に『今日もはなまる』他、5冊を出版。
蒸しぱん作りがだいすきで からだがよろこぶ
おいしい蒸しぱんを日々研究している。
こだわりがつよく白黒はっきりしたい性格ではあるが
はっきりしなくてもいいグレーのもつあたたかさに
ひかれるお茶目な一面もある。

企画　モモンガプレス

たいせつなあなたへ
著者 miki（ミキ）

2024年12月1日　初版第1刷

発行人　松崎義行
発　行　みらいパブリッシング
　　　　〒166-0003 東京都杉並区高円寺南 4-26-12
　　　　福丸ビル6F
　　　　TEL 03-5913-8611　FAX 03-5913-8011
　　　　https://miraipub.jp　mail : info@miraipub.jp
　　　　編集　近藤美陽
　　　　ブックデザイン　堀川さゆり
発　売　星雲社（共同出版社・流通責任出版社）
　　　　〒112-0005 東京都文京区水道 1-3-30
　　　　TEL 03-3868-3275　FAX 03-3868-6588
印刷・製本　株式会社上野印刷所
©miki 2024 Printed in Japan
ISBN978-4-434-34913-3 C0095

非営利使用許諾済
この本は、非営利目的の「朗読・読み聞かせ・SNS投稿」に使用することを著者と出版社が承諾しています。ただし事前にご連絡のうえ、本のタイトル・著者名・出版社名を明示、使用後報告をお願いいたします。また書評や紹介の目的での引用は自由です。みらいパブリッシング・権利使用担当　電話 03-5913-8611

著者にメッセージを送る
絵本の歌を聴く♪
幼稚園・保育園向け絵本キャンペーン案内
みらい絵本サブスクに申し込む